Louise Leblanc

Cinéma
chez les vampires

Illustrations
de Philippe Brochard

W9-BRM-756

la courte échelle
Les éditions de la courte échelle inc.

Les éditions de la courte échelle inc.
5243, boul. Saint-Laurent
Montréal (Québec) H2T 1S4

Conception graphique:
Derome design inc.

Révision des textes:
Pierre Phaneuf

Dépôt légal, 2e trimestre 1998
Bibliothèque nationale du Québec

La courte échelle est inscrite au programme de subvention globale du Conseil des Arts du Canada et bénéficie de l'appui de la SODEC.

Données de catalogage avant publication (Canada)

Leblanc, Louise

   Cinéma chez les vampires

   (Premier Roman; PR68)

   ISBN: 2-89021-322-6

   I. Brochard, Philippe. II. Titre. III. Collection.

PS8573.E25C55 1998   jC843'.54   C97-941030-4
PS9573.E25C55 1998
PZ23.L42Ci 1998

Louise Leblanc

Née à Montréal, Louise Leblanc a fait son cours classique et des études en pédagogie à l'Université de Montréal. Elle est d'abord professeur de français, puis elle exerce plusieurs métiers: mannequin, recherchiste, rédactrice publicitaire, directrice d'un centre de documentation. Parallèlement, elle fait du théâtre, du mime et de la danse. Elle a aussi appris le piano et elle aime bien pratiquer plusieurs sports. Bref, en véritable curieuse, elle s'intéresse à tout!

Depuis 1985, Louise Leblanc se consacre à l'écriture. Elle est l'auteure de nouvelles et de romans pour adultes, dont *37½ AA* qui lui a valu le prix Robert-Cliche. Elle écrit aussi pour la radio et la télévision. En littérature jeunesse, son héroïne Sophie est maintenant une vedette internationale puisque la série est publiée en France et traduite en anglais, en espagnol et en danois. En 1993, Louise Leblanc a obtenu le Prix de la Livromagie pour *Sophie lance et compte*. En 1996, elle a reçu la médaille de la Culture française de l'Association de la Renaissance française.

Cinéma chez les vampires est le douzième roman qu'elle publie à la courte échelle.

Philippe Brochard

Philippe Brochard a fait ses débuts dans les journaux étudiants où il a publié caricatures, bandes dessinées et dessins éditoriaux. En 1979, il a fini ses études en graphisme. Il est alors parallèlement graphiste et illustrateur. Il dessine pour *Croc*, puis il multiplie les collaborations à divers magazines et avec des éditeurs de matériel pédagogique.

À la courte échelle, il est l'illustrateur de la série de Chrystine Brouillet, Catherine et Stéphanie. On le retrouve avec plaisir aujourd'hui dans *Cinéma chez les vampires*, la quatrième aventure de Léonard et de son ami vampire Julio.

De la même auteure, à la courte échelle

Collection Premier Roman

Série Sophie:
Ça suffit, Sophie!
Sophie lance et compte
Ça va mal pour Sophie
Sophie part en voyage
Sophie est en danger
Sophie fait des folies
Sophie vit un cauchemar
Sophie devient sage

Série Léonard:
Le tombeau mystérieux
Deux amis dans la nuit
Le tombeau en péril

Louise Leblanc

Cinéma
chez les vampires

Illustrations
de Philippe Brochard

la courte échelle

Le message

J'ai un ami super planant! Julio Orasul. C'est un vampire. Il vit au cimetière avec ses parents, dans un appartement souterrain. Je l'ai découvert par hasard en visitant la tombe de mon grand-père.

Hélas! On se voit rarement. Julio ne peut sortir le jour, car la lumière le tuerait. Et notre amitié est secrète. Si quelqu'un découvre la famille de Julio, sa sécurité sera menacée. Seuls mes parents et un ami, M. Pommier, sont au courant.

Nous communiquons par des

messages qu'on dépose sur la tombe de mon grand-père. Dans son dernier billet, Julio était euphorique:

Léonard,
Merci! Merci! Merci! J'ai trouvé le sachet de poudre que tu as déposé dans l'urne. Je pourrai exécuter mon plan. Vendredi, je n'aurai qu'à en mettre dans le potage de mes parents.
Rendez-vous AU CRÉPUSCULE devant la tombe de ton grand-père.

Julio

1
Vendredi après-midi –
À l'école

La journée traîne de la patte, alors que mes pieds s'agitent sous mon pupitre. Je suis inquiet, fritemolle!

Ce soir, on tourne un film de vampires dans le cimetière. Et Julio tenait à assister au tournage.

J'ai tout essayé pour l'en dissuader:

— Je serai occupé! J'ai été engagé par Marius, le propriétaire du casse-croûte, pour servir les goûters. Puis tes parents ne sont pas d'accord! Ils croient que c'est imprudent, que vous

ne devez prendre aucun risque
de...

— Obéis-tu toujours à tes parents, Léonard? Il faut faire ses propres expériences. J'ai envie de vivre, d'être avec les autres, pour une fois.

— Si quelqu'un te voyait sortir du tombeau, si vous étiez découverts, as-tu pensé aux conséquences? J'ai peur pour vous, Julio!

— Moi aussi, mais ma peur est moins forte que mon désir. J'aurai des souvenirs pour le reste de ma vie, tu comprends?

Je comprenais Julio. Sa vie est si triste et solitaire. Ça me fendait le coeur de briser son rêve:

— Tes parents t'empêcheront de sortir!

Julio avait un plan, fritemolle!

Il m'a expliqué:

— Je cuisine souvent pour aider ma mère. Je ferai un potage et j'y mettrai de l'ail.

— De l'ail! Tu veux tuer tes parents!

Julio a éclaté de rire.

— L'ail n'est pas mortel pour les vampires! Chacun est plus ou moins affecté. Mes parents ont si mal au coeur qu'ils tournent de l'oeil.

— Ils vont sentir l'odeur avant d'en manger.

— Pas si j'utilise de l'ail en poudre. Je le mettrai à la dernière minute. Et pas un mot! Tes parents avertiraient les miens.

Je n'aurais pas dû céder à Julio et lui fournir ce... poison. Mes pieds s'agitent de plus belle.

— Léonard! Tu as fini de giguer! me lance le professeur, M. Rondeau.

— Si tu crains les vampires, reste chez toi ce soir, rigole Bérubé, la brute de l'école.

J'ai une peur bleu foncé de lui mais, devant les autres, je dois faire le brave:

— Après t'avoir vu la face, Bérubé, on n'a plus peur de rien!

Tout le monde s'esclaffe.

Aveuglé par mon succès, j'enchaîne:

— Et des vampires, j'en connais... euh... un bout sur eux. Ils ne sont pas si terribles!

J'ai failli me trahir!

— Tu en connaîtras un autre bout ce soir, me prévient Bérubé.

Il a été engagé comme figurant avec d'autres villageois. Il

sera déguisé en vampire. C'est sa façon de me dire qu'il me terrorisera.

Le regard plein de flèches empoisonnées, il me décoche entre les dents:

— Tu vas me trouver sur ton chemin, le p'tit rigolo.

Fritemolle! Il faudra que je me surveille. Quand Bérubé choisit une proie, il ne la lâche pas. Un vrai pitbull.

Il est déjà intrigué par mes visites fréquentes au cimetière. Il m'a questionné à ce sujet. Si quelqu'un du village ne doit pas me suivre jusqu'au tombeau des Orasul, c'est bien lui.

Mes pieds se remettent à gi-guer.

2
Au crépuscule —
Rue voisine du cimetière

— Tu portes ces cafés aux deux vedettes du film et après... LÉONARD!

— Oui, oui, monsieur Marius!

— Qu'est-ce que tu as? C'est de rencontrer la belle actrice VIRGINA qui te chavire? Il faut dire qu'elle est diablement...

Pendant que Marius s'enflamme pour Virgina, je vois le ciel s'éteindre à travers la lucarne de la cantine. Le soleil se couche sur le lit de l'horizon. L'heure du crépuscule approche, frite-molle!

— ...Et elle a une allure, une...

— Monsieur Marius! Les cafés seront froids si...

— Euh... oui! Et n'oublie pas de passer prendre la commande à la salle de maquillage.

Je fonce vers la caravane des vedettes et j'entre en coup de vent. Une petite blonde m'apostrophe:

— On frappe, avant d'entrer!

C'est... VIRGINA! Elle est moins belle qu'en photo! Et moins gentille qu'à la télé!

Du fond de la caravane, surgit un vamp...

— Je suis DRACULA, le Prince des ténèèèbres!

Il est ridicule.

— Tu n'as pas peur? s'étonne-t-il, déçu.

— Euh... non. Votre costume est...

— Je le savais! éclate Dracula. Personne ne m'a écouté. Ah! ils vont m'entendre!

Je sors en douce. Les derniers rayons du soleil s'accrochent à la terre comme des griffes.

Je m'élance vers le car à maquillage. J'y retrouve une dizaine de figurants, des répliques de

Dracula. Je ne reconnais personne, car ils portent tous des masques.

L'un d'eux s'avance vers moi en grognant. Bééérubé! Je sursaute de frayeur.

— C'est moi, Léonard, fait le vampire en se démasquant, ton ami monsieur Pommier!

Les autres s'esclaffent. Ils croient que j'ai eu peur d'un faux monstre. Ils me prennent pour une poche!

M. Pommier continue à me taquiner:

— Si tu ne veux pas te faire croquer par les vampires, occupe-toi de les nourrir. Des frites et des hot-dogs pour tout le monde!

Les rires fusent à nouveau. Parmi eux, je reconnais le ricanement de Bérubé.

Je pars, blessé dans mon orgueil, mais un peu moins inquiet. Bérubé sera pris par son travail. Peut-être qu'il ne pourra pas me harceler comme il le voudrait.

Le crépuscule est passé sans crier gare. Le ciel ressemble à un fond de chaudron calciné. Pas une étoile. Et pour toute lune, une zébrure métallique.

Je cours chez Marius. Je lui transmets la commande en le

prévenant qu'il fera la livraison.

— Je... j'ai une demande plus urgente: un hamburger pour... le réalisateur.

— Un hamburger pour le célèbre Nicolaï Blanski! Tout de suite!

Le metteur en scène est dans le cimetière. Je vais enfin pouvoir m'y rendre. J'espère que Julio n'a pas commis d'imprudences.

3
Le soir –
Dans le cimetière

Quelle chance! L'équipe de tournage est installée du côté opposé au tombeau des Orasul.

J'aperçois Dracula, gesticulant devant le réalisateur qui se prend la tête. Je ne vais pas lui offrir le hamburger! Je le donnerai à Julio.

Je croise une horde de fantômes. L'un d'eux me salue d'un geste de la main: quelqu'un du village, sans doute.

Plus loin, un homme vérifie une machine qui crachote de la vapeur. Des techniciens montent une caméra sur un chariot. Un autre teste un projecteur.

CLAP!

Je me retrouve en pleine lumière! Je reste un instant paralysé, puis je m'esquive. Ce n'est pas le moment d'attirer l'attention. Je n'ai pas vu Julio. Il doit m'attendre à notre lieu de rendez-vous.

Je vérifie que Bérubé ne me suit pas. Je m'éloigne rapidement, content de regagner l'éclairage feutré de la lune. Mais je trébuche sur... des rails??

Je comprends! C'est pour le chariot de la caméra. Ainsi, il pourra glisser... jusqu'à... la tombe de mon grand-père! Près du tombeau des Orasul! Fritemolle! Le tournage va se dérouler ici aussi!

Je scrute les alentours. Aucune trace de mon ami. Il a peut-être changé d'idée.

— Léonaaaard!

Grand-papa! Parfois, sa voix traverse le temps jusqu'à moi, et on parle. Il m'aide à réfléchir.

— Regaaarde dans l'uuurne, Léonaaard.

— Il y a un message! J'aurais dû y penser!

Je plonge la main dans l'urne et...

— Tu me caches des choses, Léonard?

Je me retourne tout d'un bloc. Le masque d'un vampire se penche vers moi. Quiii est-ce? Pommier? Il connaît Julio, il sait qu'on s'écrit.

— Tu parles à ton grand-père, mais ce n'est pas lui qui t'envoie un message! ironise le masque.

C'est Bééérubé! Il est le seul à savoir que je converse avec grand-papa. Il m'a surpris, un jour.

«Raconte n'importe quoi, discute avec lui», me conseille mon grand-père.

Pauvre lui! Ça fait longtemps qu'il n'a pas discuté avec des vivants. Ce n'est pas si facile. Surtout avec Bérubé. La seule façon de s'en sortir avec lui, c'est d'agir vite.

Je lui écrase le hamburger dans le masque.

Bérubé m'a déjà saisi au cou. Ses ongles de vampire s'y enfoncent comme des crocs.

— Un acompte, avant de te pomper le sang, promet-il en me repoussant.

Je bascule sur le sol, étourdi,

paniqué. Bérubé tend la main vers l'urne...

— PRENDS GARDE! lance une voix forte.

Bérubé retient son geste, puis il pivote. Je fais de même en me relevant. Le cimetière est enterré sous le brouillard!! Un fantôme s'en détache. Il flotte vers

nous en semant des filets de brume.

Il reprend, de sa voix apocalyptique:

— Je suis le messager d'outre-tommmbe.

Levant un bras vengeur, il nous menace:

— Celui qui plongera la main dans cette urne, déclenchera la colère des morts et leur voracité.

Bérubé regarde ses doigts, ahuri. Le revenant avance toujours. Bérubé recule... et prend ses jambes à son cou.

Je me retrouve seul avec le spectre...

4
Rue voisine du cimetière – Dans une voiture

Ma mère écoute le récit de mon aventure.

— ...Et Bérubé a détalé comme un lapin. Il a eu peur! Devant moi! Il fera moins le fendant.

— Tu as eu peur, toi aussi, dit mon père.

— Ton apparition dans le brouillard, c'était... irréel.

— La machine à vapeur s'est détraquée, m'explique-t-il. D'où cette brume. Et tu aurais dû te douter que c'était moi: je t'avais salué de la main, plus tôt.

— Je croyais que tu avais refusé de jouer les fantômes?

— Il voulait voir Vir-gi-na, se moque ma mère.

— Pas du tout! proteste mon père en rougissant.

Pour dissiper sa gêne, il enchaîne d'un ton sévère:

— Qu'avez-vous manigancé, Julio et toi?

Le message! Avec tous ces événements, je ne l'ai même pas lu. Je sors le billet de ma poche:

Léonard,

J'avais oublié: le crépuscule, c'est l'heure du petit-déjeuner. Je ne peux pas mettre de l'ail dans les céréales! Je l'utiliserai contre mes parents au déjeuner. Rendez-vous à 23 h.

Mon père et ma mère sont horrifiés.

Je les rassure en ce qui concerne les effets de l'ail sur les vampires. Et je leur explique le plan de Julio en spécifiant mon désaccord.

— Mais tu lui as fourni la poudre, me reproche maman. Tu aurais dû nous avertir des intentions de Julio. On aurait planifié sa sortie avec ses parents. En toute sécurité.

— C'est d'autant plus irresponsable que tu savais Bérubé à tes trousses, ajoute papa. Il a

bien failli trouver le message de Julio!

— Il suffit d'un hasard, d'un incident pour trahir la présence des Orasul.

Penaud, je tente de minimiser la gravité de la situation:

— Il n'y a plus de risques! Quand Julio sortira, à 23 h, il n'y aura personne. Le tournage sera terminé...

5
Dans le cimetière —
Sous les projecteurs

Il est 23 h 30, et le tournage n'a pas débuté, fritemolle! Les préparatifs n'en finissent plus. Tous les comédiens sont là, sauf Virgina.

Le metteur en scène leur résume l'histoire: la guerre entre les vampires et les fantômes. On va tourner la scène de l'enlèvement de Virgina. Les vampires sortent des caveaux pour la défendre.

Virgina arrive enfin, transformée. Créature d'un autre univers, blême et fragile.

Aussitôt, quelqu'un beugle

dans un porte-voix:

— TOUT LE MONDE EN PLACE!

Les vampires se dispersent. Certains se dirigent vers... le tombeau des Orasul! Ma mère et moi échangeons un regard inquiet.

— SILENCE! ON TOURNE!

— SCÈNE 25! PRISE 1! annonce une jeune fille munie d'un claquoir.

— ACTION! crie le réalisateur.

Les fantômes entraînent Virgina, qui se débat:

— NOOOON! Au secours! À moi, DRACULA!

Le Prince des ténèbres surgit d'une tombe et lance un appel à ses sujets.

— Léonard, me chuchote quelqu'un à l'oreille.

— Ju... lllio! Et... tes parents?

— Dans les pommes! Je suis sorti depuis une demi-heure. Tu n'as pas reçu mon message?

— Chut! Oui, oui, je l'ai reçu.

— Je t'ai attendu un peu,

33

puis je suis allé chez Marius. Je croyais t'y retrouver!

— Chez Marius! Tu lui as parlé!? Tu es fou!

— Fou de plaisir! De liberté! Je découvre la vie. De nouvelles sensations. Marcher dans la foule! Me payer des frites! C'est...

— Chut!

— Pourquoi es-tu si nerveux, personne n'a...

Julio s'interrompt, les yeux exorbités. Rien d'inquiétant, pourtant! La scène se poursuit:

Les fantômes emportent Virgina. Ils sortent du champ de la caméra et s'arrêtent près de notre petit groupe. Virgina se dégage et replace sa longue chevelure blonde.

— Léonard, elle est... tellement... BELLE!

Je comprends! En apercevant Virgina, tout à l'heure, Julio a été subjugué. Comme mon père! Et Marius! Qu'est-ce qu'ils ont tous à...

— AAAAAAAAAaaa...

Quel cri horrible!

***

C'était Dracula! Il est tombé accidentellement dans une fosse. Et il s'est foulé une cheville.

Il a accusé Blanski, le metteur en scène, de négligence. Une terrible dispute s'en est suivie.

Le tournage a été interrompu. Dracula et Virgina sont retournés dans leur caravane. Mais tous les autres doivent rester sur place.

— Il faut les revigorer, me

lance M. Marius.

— Encore! C'est que j'ai... euh... mon ami...

— Ne t'occupe pas de moi! J'ai quelque chose à faire! s'exclame Julio en s'éloignant déjà.

— Ne t'inquiète pas, je l'accompagne, me glisse ma mère à l'oreille.

— Allez! Je double ton salaire, m'offre Marius. À tout à l'heure! À la popote!

Bousculé, résigné, je commence à prendre la commande du groupe qui entoure Blanski.

Sur un petit écran, le réalisateur visionne les scènes enregistrées. Voici celle filmée par la caméra sur le chariot: deux vampires surgissent d'une fosse. Puis, on voit... LE PÈRE DE JULIO sortir de son tombeau.

— Stop! crie Blanski. Ce figurant est fantastique! Quelle allure! Quel maquillage! Ça, c'est un vampire! Je veux le voir. Qu'on me l'amène! Dracula va se rendre compte qui est le maître, ici.

Fritemolle de fritextramolle!

6
La nuit –
Derrière la popote

Pendant que Marius cuisine, je fais le point, assis sur les marches de l'escalier.

M. Pommier et mon père sont partis à la recherche de M. Orasul. Il doit retourner subito presto au tombeau.

Blanski voulait remplacer Dracula par le comédien qu'il avait vu à l'écran. Il a donné trente minutes pour le retracer.

Personne ne le connaissait. Les gens du village ne l'avaient jamais vu. Et il n'avait pas été engagé comme figurant.

Mais alors, que faisait-il là?

Sortant d'un tombeau, comme un vampire.

Si on retrouve M. Orasul, il sera dans l'eau bouillante.

— Léonard! C'est bientôt

prêt! lance Marius, de l'inté-
rieur de la cantine.

— Tu seras mort avant si tu
ne me dis pas tout.

Bééérubééé! Dans toute cette
excitation, j'ai oublié de me mé-
fier de lui! Qu'est-ce qu'il mi-
jote dans sa tête de pitbull?

— T-t-t-tout quoi?

— Ne fais pas le malin avec
moi, Bolduc! Il se passe des
mystères, ici. Et tu y es mêlé!

Je suis mêlé tout court. Paniqué à l'os. J'ai le cerveau em-
bourbé comme un mille-pattes
qui vient de trébucher.

— D... de quels mystères
parles-tu, Bérubé?

— Celui de l'urne, d'abord!
Qu'y avait-il dedans?

Je patine mentalement. In-
vente, Léonard!

— Dans l'urne? Euh... rien!
Nul! Bérubé s'approche et me
prend par le col:

— À d'autres, Bolduc!

— Je voulais... y jeter... mon
hamburger!

— Pour nourrir ton grand-
père! rigole Bérubé.

Il me donne une idée. Il veut

du mystère, il va en avoir!

— Tu me crois dingo parce que je parle à mon grand-père. Eh bien, tu sauras qu'il me répond!

— Je te croirai quand j'entendrai sa voix.

— Tu l'entendrais si tu y croyais. Et tu ferais bien de croire le messager d'outre-tombe. Prends garde à la colère des morts.

— Messager mon oeil! tonne-t-il. Un figurant qui a fait une blague, voilà ce que c'était. Du cinéma!

— C'est pour ça que tu t'es sauvé d'épouvante.

— Sssur le coup! Mais après, j'ai compris.

— Que tu penses! Mais tu ne sais rien des esprits, du pouvoir des morts. Vérifie toi-même! Va plonger ta main dans l'urne.

Julio et moi, nous n'aurons qu'à changer de boîte aux lettres.

— Certain que je vais le faire!

— À ta guise, Bérubé, mais je t'aurai prévenu.

— TU VIENS, Léonard? s'écrie M. Marius.

Je me lève, fier d'avoir cloué le bec à cette brute. Au moment où je vais entrer, le pitbull me tire par le bras et me fait valser.

— Minute! Il y a le mystère du figurant! J'ai vu ton père avec lui. Et puis, ils ont disparu. Sans aller voir Blanski. Pourquoi? Qui est cet homme? Il est bizarre. Et pourquoi se sauve-t-il s'il n'a rien à cacher?

Je reste bouche bée.

— Je n'ai encore rien dit à

personne, poursuit-il. Mais le silence se paye, Bolduc! Je veux l'argent que tu as gagné ce soir. Et des explications! Je verrai ce que je ferai, après. Tu as trente minutes. Salut!

Je suis paralysé de stupeur.

— ES-TU MORT, LÉONARD!? hurle Marius.

On dirait que ça me ressuscite d'un coup. Non! Je ne suis pas encore mort! Alors grouille, Léonard!

7
La nuit –
Dans le cimetière

Je n'ai vu personne: ni mon père, ni M. Pommier, ni M. Orasul. Où sont-ils? Peut-être au tombeau...

Fritemolle! Julio et ma mère! Ils marchent vers le plateau de tournage! Bérubé est là! Mais il a le dos tourné.

Je me précipite et je les entraîne à l'écart.

— Qu'est-ce qu'il te prend? proteste ma mère.

— Regarde, fait Julio d'un air béat, en me montrant une photo de Virgina. Je lui ai parlé!

Je m'apprête à leur expliquer

la situation, quand arrivent M. Pommier et mon père. C'est lui qui informe Julio:

— Lorsque ton père est revenu à lui, il était furieux contre toi. Mais aussi très inquiet à ton sujet. Il est sorti à son tour.

— On lui a appris qu'il avait été filmé et qu'il était recherché, ajoute Pommier. Il est retourné chez lui. Personne ne le retrouvera.

Je révèle aux autres la mauvaise nouvelle:

— Bérubé a vu mon père avec M. Orasul.

Et je leur rapporte notre conversation.

— Il faut mettre un frein à sa curiosité, tranche Pommier. On s'enfonce dans les complications et les imprévus. Mais qu'est-ce qui peut arrêter Bérubé?

— Je sais! dis-je. Le fantôme! Le pouvoir des morts...

**

Peu après. Devant la tombe de mon grand-père.

— Tu as l'argent, Bolduc?

— Voici... tous mes pourboires.

— Et ton salaire!

— Quand j'aurai été payé!

— Pas d'entourloupe sinon...

— Juré... craché: teuff!

— Bon! Et le mystérieux figurant?

— Mystérieux, en effet! Mon père était effrayé. Il est prêt à te rencontrer, mais dans un lieu discret.

— Je n'aime pas ça, Bolduc!

Bérubé hésite. Il regarde sa montre:

— On a dix minutes. J'espère qu'il n'est pas loin, grogne-t-il.

— À côté d'ici! Suis-moi.

J'ai réussi, fritemolle!

Je conduis Bérubé au tombeau des Orasul. Je frappe à la porte, qui s'ouvre d'elle-même. On entre...

— Qui a ouvert la porte? demande Bérubé d'une voix mal assurée.

Il est déjà inquiet.

SCHLACK!

La porte vient de claquer. Bérubé s'exclame:

— On est enfermés! Et ton père? Il il il est là? On n'y voit rien. J'ai assez joué, Bolduc, s'énerve-t-il.

— Je te jure que... Écoute...

Tu entends?

Dans l'obscurité, un grincement. Bérubé se colle à moi, révélant sa peur.

Un fil de lumière découpe les ténèbres. Le bruit s'amplifie.

— Le banc de pierre! Il pivote! C'est ton père? Dis, c'est lui!!?

— J... jjje ne crois pas.

Dans l'ouverture baignée d'une lumière laiteuse, apparaît le fantôme. Il monte vers nous en clamant:

— Je suis le messager d'outretombe! Malheur à vous qui ne m'avez pas cru! La colère des morts est déchaînée. Voici le roi des esprits, il vient rendre son jugement.

Le fantôme recule devant un personnage... repoussant. La

peau crayeuse de son visage s'écaille. Sa voix est éraillée, comme rouillée:

— On a profané mon royaume, troublé le repos de mes sujets. Tous ces gens de cinéma!

ET TOI, qui as osé pénétrer ici, fait-il en pointant Bérubé de son long doigt blanc.

— C'est lui, c'est son père! Ils m'ont...

— SILENCE! Leur sort est déjà entre mes mains et ne regarde que moi... Ta curiosité est allée trop loin. Elle te coûtera cher. Personne ne doit dévoiler l'existence de ce lieu.

— Je ne dirai rien! Je vous le promets. Laissez-moi partir, supplie Bérubé.

Le fantôme et le roi des esprits se tournent l'un vers l'autre et tiennent un conciliabule. Le messager d'outre-tombe annonce enfin:

— Notre coeur n'est pas sans pitié pour les pauvres vivants. C'est pourquoi nous t'accordons notre clémence. Mais sache que tu n'y as droit qu'une seule fois.

Le messager d'outre-tombe approche de Bérubé, pétrifié. Levant les bras au-dessus de sa tête, il dit:

— Que tes souvenirs meurent à la sortie de ce tombeau. VA! et ne reviens plus jamais!

La porte du caveau s'ouvre lentement.

Bérubé recule de quelques pas, le regard fixe.

Puis, il se retourne brusquement et déguerpit.

— Il ne remettra pas les pieds ici de sitôt. Et il tiendra sa langue, prédit le fantôme, alias mon père.

— Venez tous! crie le roi des morts, alias M. Orasul.

M. Pommier, ma mère, Julio

et sa mère montent de l'appartement souterrain.

— Vous avez manqué une
grande scène de cinéma, dis-je
en applaudissant les comédiens.

8
Quelque temps plus tard
— Chez les Bolduc

Tout le monde est là! On regarde une entrevue de Blanski à la télévision. Il raconte ses déboires:

— Le cimetière semblait frappé de malédiction: la machine à vapeur qui se détraque, l'accident de Dracula, un jeune figurant hagard, incohérent; un personnage étrange, filmé par hasard, qui disparaît mystérieusement...

M. Pommier demande au père de Julio:

— À ce propos, comment se fait-il que votre image ait été imprimée? Je croyais les vampires invisibles sur pellicule.

— Autre exagération légendaire! répond M. Orasul. Bien sûr, il est difficile de nous prendre en photo. Vu l'extrême blancheur de notre peau, la lumière n'y a pas de prise. Mais j'étais habillé! Il aurait fallu que je sois nu pour disparaître complètement!

À la télé, l'entrevue se poursuit:

— Le film est-il compromis? demande le reporter à Nicolaï Blanski.

— Non, on reprend le tournage ailleurs, dans...

EXPLOSION DE JOIE!

Mon père ferme le téléviseur, et il sort le champagne.

— On pourra de nouveau vivre en paix et en sécurité, se

58

réjouit Mme Orasul.

— Si Julio ne commet plus d'imprudences, souligne sévèrement son père.

— En tout cas, rien à craindre

de Bérubé, dis-je. Je l'ai suivi au cimetière, hier. Je l'ai vu tendre la main au-dessus de l'urne, hésiter, puis repartir.

— La peur! C'est l'éternel pouvoir des morts, remarque M. Orasul.

J'ai une pensée pour grand-papa. Je me dis que les morts ont aussi de bons pouvoirs... Si on sait les écouter avec le coeur.

— Heureusement, ajoute mon père. Je n'aurais pas joué le messager d'outre-tombe une autre fois.

— Même pour Virgina? ironise ma mère.

— Tu es jalouse, se moque mon père. Puis, tu es allée la voir, et avec Julio! lui reproche-t-il.

— C'est moi qui ai insisté, la

défend Julio en rougissant. Je voulais une photo de Virgina.

— Je te comprends, mon gars! s'exclame M. Pommier.

— Pas moi, intervient Mme Orasul. Mon petit Julio qui...

Et blablabla, la discussion s'enflamme entre les adultes...

Julio sort de sa poche le cliché de Virgina. Il le regarde un moment, puis s'apprête à le déchirer. Je l'arrête:

— Tu le regretterais, Julio.

— J'ai été assez ridicule, non?

— Non! Tu t'es fabriqué des souvenirs. On a tous besoin de rêve. Et d'amitié. Je suis ton ami, à la vie...

— ...À la mort, répond Julio en me donnant l'accolade.

Table des matières

Le message 7

Chapitre 1
Vendredi après-midi – À l'école 9

Chapitre 2
Au crépuscule – Rue voisine du
cimetière 15

Chapitre 3
Le soir – Dans le cimetière 21

Chapitre 4
Rue voisine du cimetière –
Dans une voiture 27

Chapitre 5
Dans le cimetière –
Sous les projecteurs 31

Chapitre 6
La nuit – Derrière la popote 39

Chapitre 7
La nuit – Dans le cimetière 47

Chapitre 8
Quelque temps plus tard –
Chez les Bolduc 57

Achevé d'imprimer
sur les presses de Litho Acme inc.